사에 이르는 길

사에 이르는 길

시산맥 서정시선 029

초판 1쇄 발행 ┃ 2017년 2월 10일

지 은 이 ┃ 홍문식
펴 낸 이 ┃ 문정영
펴 낸 곳 ┃ 시산맥사
편집주간 ┃ 김광기
편집위원 ┃ 안차애 유정이 전해수
등록번호 ┃ 제300-2013-12호
등록일자 ┃ 2009년 4월 15일
주　　　소 ┃ 03131 서울특별시 종로구 율곡로 6길 36.
　　　　　　월드오피스텔 1102호
전　　　화 ┃ 02-764-8722, 010-8894-8722
전자우편 ┃ poemmtss@hanmail.net
시산맥카페 ┃ http://cafe.daum.net/poemmtss

ISBN 978-89-98133-77-1 03810

값 9,000원

사에 이르는 길

홍문식 시집

* 본문 페이지에서 한 연이 첫 번째 행에서 시작될 시에는 〈 표기를 한다.

아이들이 희망이라고 했다
나는 아이들이
새재를 넘을 수 없을 거라는 생각을 했었다
녀석들이 새재를 넘었다
나는 아이들이
새재를 넘을 거라고는 생각을 하지 못했다
그렇게 잘못된 생각이 오류를 불렀다
나의 오류로 인해 상처를 입은
모든 영혼들에게
용서를 비는 마음으로
이 책을 바친다.

– 2017년 1월, 홍문식

■ 차 례

3부 / 사에 이르는 길

1부

아이들 앞에서

아이들 앞에서

눈처럼 깨끗한 아이들에게
세속의 새까만 때를 묻히고 있는 나는
아이들을 가르치는 교사가 맞는질 모르겠다
아이들 앞에서
도덕군자처럼 온갖 위선 다 떨며
입 바른 소리를 해대는 나는
단 한번이라도
사람다운 사람 노릇을 한 적이 있는지
아이들 앞에서
질리도록 효도를 강요하고 있는 나는
단 한번이라도
부모님에게 마음에서 우러난 효도를 해보기나 했는지
아이들 앞에서
공부가 살길이라고 목소리를 높였던 나는
단 한번이라도
코피 터지도록 공부를 해본 적이 있기나 한지
눈같이 하얗고 깨끗한 아이들을
감언이설로 속이고 최선을 다하라고 말하는 나는
하늘을 우러러 한 점 부끄럼 없는 선생이었노라
말할 수가 있는지
눈같이 깨끗한 아이들 앞에서
가슴에 손을 얹고
한 점 부끄럼이 없다고 맹세할 수 있는지

애물단지

기지도 못하는 녀석이 서려고 해
손을 잡아 주었더니
착 달라붙는 게 찰거머리 같았다

발 내딛는 일이 홀로 서는 일이라 여겨
머리를 쓰다듬어 주었더니
제 처지도 모르고 사방천지 대가리를 들이미는데
똥오줌도 분간 못하는 것 같았다

유리 눈에는
바보천치도 잘나 보이고
못난 것도 예뻐 보인다고 하더니만
우는 게 안쓰러워 살갑게 대해줬더니
야차같이 잎만 무성하게 피웠다

이젠 다 컸다고 홀로 설 수 있다기에
책임 다했다 싶어 손을 놨더니
위아래도 몰라보고
살쾡이처럼 갈기를 세운다

아무데나 대가리를 들이미는 저놈의 안하무인

벽을 넘나드는 저놈의 오만방자함
내가 내 발등을 찍은 게 확실했다

여학교에서

스승의 날 아침
짓궂은 녀석들이 우유 한 컵
교탁 위에 갖다 놓았다

기특해서 이것이 무엇이냐고 물었더니
똥강아지 같은 녀석들 자지러지며
저희가 형편껏 거두었으니
건강을 위해 사양 말고 드시란다*

협공을 가해오는 졸들
외통수에 몰린 궁
당황스러웠지만 선제공격에 대한
대응은 있어야겠다는 생각이 들었다

오래 살다보니 성처녀의 젖도 다 먹어 보겠네
이렇게 응사하면 성폭력으로 몰아붙일 테고
신선한 게 맛있겠는데 라고 폭탄을 투하하면
비명이 터져 나올 것 같고
비린내 나서 못 먹겠다고 하면
야유가 터질 테니 어쩐다

〈
곰곰이 생각하다 비장한 말 한 마디 했다
나나나 난
저저젖병 채로 먹는 걸 더 좋아하는데
짓궂은 녀석들 숨넘어갔다

*소재를 야후 인터넷유머에서 빌려옴

고래 사냥

　태풍 베티가 한반도를 관통하던 날 선장과 마을 유지들은 방석집에 앉아 고래사냥을 모의(模擬)했다 새 역사 창조의 걸림돌이었던 늙은 고래를 감쪽같이 처치하기엔 베티가 내륙을 지나는 어두운 밤이 절호의 찬스라고 생각했다 결행의 시간이 다가오자 선원들의 가슴 속엔 어둠보다 무거운 침묵이 내려앉았다 선장의 지시에 따라 꼬리 쪽에 포획용 작살이 박히고 줄다리기가 시작됐다 파도는 높고 비바람은 거세게 몰아쳤다 피를 흘리며 완강히 버티던 고래가 죽음을 예견한 듯 비명과 함께 무릎을 꿇었다 선원들은 포획의 기쁨도 누리지 못한 채 어둠 속으로 총총히 사라졌다 선장이 입회한 가운데 조타수는 천재지변에 의한 늙은 고래의 죽음을 상부로 긴급 타전했다

불꽃잔치

함성으로 살라 올린 소지 위에
이레 동안의
작은 불씨들이 매달린다
물속에서 낚아 올린
자연의 침묵이
별이 되어 하늘에 박힌다

너와 나 우리가
함께 쌓아 올린 장작더미엔
아직도 빠알간 열정들이 함성으로 쏟아진다

질기게 매달리던 母情들이
대견함으로 남는 순간
더 높은 날
더 넓은 날
더 밝은 날을 위하여

마음과 마음을 모아
불꽃 잔치를 벌려보자

꽃 피우는 일

성탄의 기쁨엔 비할 순 없었지만
시도 때도 없이 웃음꽃이 피었습니다
꽃 한 송이 피우는 일이
이토록 행복한 일인 줄
정말 몰랐습니다

그게 행복이었었나 봅니다
농사짓는 자 마땅히 가져야 할 덕목이었기에
사랑할 수밖에 없었습니다
백합처럼 고고하게 키우고 싶었습니다
장미처럼 아름답게 키우고 싶었습니다

처음엔 콩나물 키우듯
물만 주면 되는 줄 알았습니다 만
그게 아니었습니다
꽃 피우는 일에도
물보다 사랑이 더 필요하다는 걸 알았습니다

꽃 한 송이 내 목숨과 맞바꾼다 해도
억울할 게 없을 것 같습니다

〈

잎이 시들면
꽃도 시드는 줄 몰랐습니다
피지도 못하고 시든 꽃을 생각하면
눈물이 납니다

꽃 피우는 일이
목숨을 걸어야 하는 일인 줄도 모르고
씨만 뿌리면 저절로 피는 줄 알았습니다
이제는 꽃이 피지 않는다 해도
서러워하지 않겠습니다
조급해하지도 않겠습니다
죽는 날까지 꽃과 함께 있을 수만 있다면

기러기 아빠

한 달 치 월급과 투잡*해 번 돈까지
몽땅 부치고도
더 많이 못 보내 미안하다며
밤마다 대리운전을 하고 있는 그는
기러기 아빠다

학창시절 내내
자신을 괴롭혔던 양놈들의 말이
지겹지도 않은지
사랑하는 처자식 이역만리로 떠나보내고
추운 겨울 뼈 빠지게 번 돈
양놈 말 배우는데 다 쏟아 붓고는
바싹 마른 옥수수 잎처럼 서걱거리던 그는
기러기 아빠다

짝 잃은 기러기들이
가장 무서워한다는 외로움을
깡 소주로 달래도 보고
줄담배 연기로 날려도 보았지만
오늘도 썰렁한 방에서
외로워하는 그는 불발탄이다

〈

줄 끊긴 연처럼 가족과 떨어져
덧없이 잊혀져가는 자신의 존재가 너무 무서워
가끔은 아주 가끔은
인생이 서럽기도 하여 눈물이 난다는 그는
비키니 섬의 거북처럼 방향감각을 상실한
짝 잃은 외기러기다

*투잡 : 부업일

여학교에선

말 같은 가시내들 득실거리는 여학교에선
똥배짱을 갖지 못한 총각선생님들은
수업에 들어가기 전
맞선 보러가는 처녀 총각처럼
자신의 모습을 거울에 비춰 보아야만 한다

눈곱보다 작은 선생님의 허점虛點까지
예리하게 찾아내는 귀여운 악마들의
수업 말아먹는 계략에
휘말리지 않으려면
노련한 사냥꾼이 되지 않으면 아니 된다

날아가는 새만 보아도 웃음보가 터지고
눈길만 줘도 헛소문이 난무하는
시샘 많은 가시내들 우글거리는 여학교에선
입방아에 짓찧기지 않으려면
일거수일투족을 조심해야만 한다

지퍼가 아귀를 벌리지는 않았는지
손톱에 긁혀 목에 상처가 나지는 않았는지
눈곱 때문에 발등 찍힐 일은 없는지

이빨에 고춧가루가 끼지는 않았는지
마지막으로 가글로 입 냄새까지 잡아야 한다

여학교에선 잘생긴 총각선생일수록
일거수일투족을 조심해야 한다

체험학습

햇병아리교사 시절
산간벽지 GP에서 근무했었던 나는
GP근처 솔밭에 송이가 출몰한다는 첩보를 입수
아이들과 수색작전을 펼친 적이 있었다
그때
날다람쥐처럼 날렵했던 아이들은
언제 터질지 모르는 시한폭탄 같았다
말단 소총부대 병아리 지휘관이었던 난
전과 올리기에만 급급했지
대인지뢰나 적기의 공습에 대한 대비는
생각조차 하질 못했었다
병법에 지피지기면 백전백승이라 했건만
전투경험이 전무했던 나는
아이들의 능력을 믿을 수밖에 없었다
첫 작전에서 아이들은
축지법과 인해 전술로 적진을 유린
은신해 있던 적들을 추포하는 전과를 올렸다
팔척장신의 적장을 생포했을 때 나는
세상을 다 얻은 것처럼 기뻤다
아이들의 사기는 하늘을 찔렀고
나는 아이들의 전공에 최대의 경의를 표했다

반 아이들 전체에게 송이추포 기념으로
달콤한 건빵과 특별휴식을 제공했다
아이들에게 덕망 있는 지휘관으로 오래 남고 싶었다
총성이 멎은 지 사십여 년
다람쥐같이 날랬던 아이들은 어찌 되었는지
백의종군하지 못했던 교사의 길

선생 티

똥구녕으로 술 처 먹은 놈들처럼
티를 낸 적이 한 번도 없었다
한평생
아이들 가르쳤으나
선생이라는 신분 자랑하고 싶진 않았다

사십여 년 동안
천방지축 날뛰는
망아지 같은 아이들에게
바르게 자라라고 멍에를 씌우고
똑바로 걸으라고 코뚜레를 뚫고
강제로 고삐를 잡아끌었더니
아이들 길 드리는 게 몸에 배었는지
만나는 사람마다
직업이 선생님이냐고 물었다

왜 선생 티가 나느냐고 되물었더니
갯내가 난다고 했다
오랫동안 아이들하고만 살았더니
비린내가 몸에 배었는가 보다
아침저녁으로 씻고 또 씻었는데도
냄새가 나는 걸 보면

미스테리

때 묻은 걸레로
닦아낸
아이들은
깨끗할까 더러울까
아무리
생각을 해봐도
정답을
모르겠다

출마자

어른께서 도착하셨습니다
누군가 큰소리로 외쳤다
사람들은 모두 소리 나는 쪽을 바라보았다

한 남자가 말했다
선생의 높은 학식과 경륜이 남자의 입을 통해
파문처럼 퍼져나갔다
교육을 반석 위에 세울 수 있는
적임자임도 강조됐다
사람들은 선생의 이름을 큰소리로 연호하며
구름 위에 올려놓았다

한 여자가 말했다
선생의 업적과 행적을 가지껏 치켜세우며
교육의 미래를 위해
교육의 발전을 위해
꼭 필요한 지도자임을 강조했다
선생의 뻣뻣한 허리가 수양버들처럼 굽혀졌다
(이럴 때 허리를 꼿꼿이 세우는 것은 치명타가 된다)
사람들은 선생의 겸양에 신뢰의 박수를 보냈다

〈

약삭빠른 누군가가 말을 했다
선생이 봉황의 날개를 펼칠 수 있도록
표 바람을 몰아줄 것을 선동했다
선생은 비굴한 웃음을 지으며 최대한 몸을 낮췄다
출전식이 끝나자 선생은
기지개를 펴기 시작했다
선생의 실체가 하나둘 펼쳐지기 시작했다
눈이 부셨다 반짝 반짝

유민이

갓
돌 지난 녀석이
무엇을 알까마는
할아비와 잘 놀다가도 장난삼아
제 어밀 야단이라도 치면
어떻게 아는지
할아비에게 따따부따 눈을 부라리며
제 어미 편만 든다
그게 귀여워
덥석 안아들고
볼이라도 비빌라치면
할아비가 싫다고
끝내
울음바다다

*유민이 : 손자이름

36

호박

여름철 내내
둥글고 잘생긴 자식을 낳아
남 좋은 일만 시키는 것 같아
간도 없고 쓸개도 없는 줄 알았다

늦가을 날
한세상 억척스레 살아온 여자가
기진한 듯 잎을 늘어뜨리자
누렇게 엉덩이를 드러낸 호박덩이들
한가위 달덩이같이 훤하다

언제 그리 꼭꼭 숨겨 놓았었는지
열 길 물속은 알아도
한 길 사람 속은 모른다고 하더니만
꿍꿍이속이 있었는가 보다

엉덩짝이 여간 튼실치 않다
볼수록 탐나는 호박덩이들

결의를 다지는 노동자들

가르치고 배움이 이루어져야 할 시간에
교실 밖에서
참교육을 부르짖으며
빡빡 밀은 중머리에 붉은 띠를 두르고
오른손을 치켜들고 진군가를 부르며
결의를 다지는 선생님들이 계셨지

처음엔
백년대계를 위해
비틀린 교육을 바로잡겠다기에
참교육자들이라 믿었었지
기대도 컸고
새 교육의 지평을 열 빛이라고 생각했었지

성직이라는 교직을
스스로 노동자라 비하하지 않고
스승의 존엄까지 팽개치지 않았다면
아무것도 모르는 아이들을 인질로 잡고
떼거리로 억지만 부리지 않았더라면
아무것도 모르고 깜빡 속을 뻔했었지

〈

교육입국만이 살길인 이 나라에서
예와 의를 신봉하던 이 나라에서
민주주의를 추구하는 이 나라에서
필요에 따라 불의가 정의가 될 수 있다는 연금술을
해맑은 아이들께 가르치시는
잘난 선생님들이 계셨지

앵무새처럼 입으로만
참교육 참스승을 부르짖으며
생각이 다르다고 동료를 적대시하고
스스로 교권을 무너뜨리며
참교육을 핑계 삼아
제 잇속만 채우려 드는 선생님들이

참교육을 핑계로 결의를 다지는 노동자들이

2부

장래 희망

청소

학교는 가야 한다고 해서 할 수 없이 가는 곳이다
공부를 하러 가는 곳이 아닌데도
엄마는 왜 자꾸 학교에 가라고 하시는지 모르겠다
공부는 학원에서 다했는데
선생님은 공부는 학원에서 하는 게 아니라고 하였지만
나는 선생님의 말을 믿을 수가 없다
공부는 학원에서 하기 때문이다
선생님은 청소도 공부라고 우기신다
나는 청소를 우리한테 시키려고 하는
꼼수라는 걸 이미 알고 있다
대학생 언니들도 안 하는 교실 청소를
왜 우리같이 어린 초등학생이 해야 하는지
나는 그것을 이해할 수가 없다
우리 집에선 청소는 로봇 청소기가 하고 빨래도 세탁
기가 하는데
언제까지 빗자루로 교실 바닥을 쓸어야 하는지
얼른 졸업을 했으면 좋겠다
졸업식 때 할머니는 졸업하기가 싫어 우셨다고 했지만
할머니 말씀도 이해가 가질 않는다
내 생각엔 아주 신날 것 같은데
청소를 안 해도 되고 졸업선물도 많이 받을 수 있고

장래희망

선생님께서
너의 장래 희망이 무엇이냐고 물었다
희망이라는 말은 알겠는데 장래라는 말의 뜻은 잘
모르겠다
선생님은 왜 쉬운 말을 놔두고
초등학생한테 어려운 말을 쓰는 걸까
굳이 어려운 말을 써야 할 이유가 있는 걸까
애들 앞에서 잘난 척하려고 그러시는 건 아닐 테고
그것도 아니면 무엇 때문에
그냥 나중에 어른이 돼서 뭐가 되고 싶으냐고
물어보면 될 것을
커서 무엇이 될지는 솔직히 나도 모른다
아무리 생각을 해봐도 선생님을 이해할 수가 없다
내가 커서 무엇이 될지 그걸 알 수 있다면
왜 공부를 한단 말인가 모르니깐 공부를 하지
내가 대통령이 되고 싶다고
대통령이 된다면 얼마나 좋을까
엄마는 커서 판검사를 하라고 하시지만
나하고는 안 맞는 것 같다
정말 나는 커서 무엇을 해야 할지 모르겠다
공부는 하기 싫고

시험

학기말 고사 시험지를 받았다
다 100점을 받았는데 가장 쉬운 바른생활에서
한 문제를 틀렸다
선생님은 왜 시험문제를 얄라꿍하게 냈는지
점수 주기가 싫어서 그랬을까
아니면 골탕 먹이려고 일부로 그랬을까
선생님들의 심리는 알 수가 없다
시소를 타는데 다른 친구가 왔다
어떻게 해야 할까?
① 한 사람만 양보한다
② 둘 다 양보한다
③ 양보하지 않고 그냥 탄다
④ 서로서로 양보한다
나는 서로서로 양보해야 한다고 했는데 틀렸다
내가 왜 틀렸는지 아무리 생각해도 이해가 되질 않는다
한 사람만 양보하면 양보한 사람만 억울하고
둘 다 양보하면 시소놀이가 안되고
서로서로 양보를 해야 공평한 것 같은데
도대체 인간 사회는 뭐가 이리 복잡한지 모르겠다

짝꿍 바꾸는 날

우리 선생님은 한 달에 한 번 짝꿍을 바꾼다
나는 짝꿍을 바꿀 때마다 미영이랑 앉고 싶은데
선생님은 한 번도 앉혀주질 않는다
어른들은 자기가 좋아하는 여자와 결혼까지 하면서
애들은 좋아하는 짝꿍하고 앉으면 안 되나
영란이는 딱 질색이다 내 체질이 아니다
성질이 아주 개떡 같다
영란이는 우리 엄마를 조금 닮은 것 같다
미영이는 참 착하고 얼굴도 예쁘다
나는 미영이의 짝꿍이 되고 싶다
그런데 미영이는 동철이를 더 좋아 한다
오늘 나는 영란이와 짝꿍이 됐다
집에 가면 엄마가 숙제하라고 잔소리를 하고
학교에 오면 영란이한테 잔소리를 듣게 생겼다
세상에 내 맘대로 되는 게 하나도 없다

학교우유

학교우유는 맛이 없다
마트에서 파는 우유와 똑같은 우유인데도 맛이 없다
그래도 억지로 먹어야 한다
안 먹으면 선생님한테 혼난다
어떨 때는 강제로 먹이고 야단까지 칠 때가 있다
그럴 때 선생님은 도깨비보다 더 무섭다
만약에 우리가 자기 자식이라면 맛도 없는 우유를 강
제로 먹일까
왜 학교우유는 맛이 없을까
학교우유하고 마트에서 파는 우유하고 뭐가 다른데
학교우유는 맛이 없는 걸까
그런데도 선생님은 왜 억지로 먹어야 된다고
우리를 들들 볶아 못 살게 구는지 모르겠다
맛없는 우유를 억지로 먹으라고 하는 선생님이 더 얄
밉다
나는 학교우유보다 훨씬 맛있는 마트우유도 잘 안
먹는데
맛없는 우유를 억지로 다 먹으라고 하다니
생사람을 잡으려고 그러나
어제는 먹기 싫은 우유를 먹다가 토까지 했다

비교

난 누구랑 비교 당하는 게 제일 싫다
그런데 우리선생님은 비교를 참 잘한다
오늘도 선생님이 나와 미영이를 비교해서 참 속이 상했다
숙제를 했는데 숙제가 너무 많아 글씨를 막 썼더니
'참 잘했어요' 도장을 안 찍어주셨다
그리고 공책을 선생님 책상에 가져다 놓으라고 했다
숙제 검사가 끝나고 선생님이 미영이 숙제랑
내 숙제를 들고 보여주면서 말했다
미영이는 숙제를 아주 깨끗하게 잘했다고 칭찬을 해주고
나는 숙제를 잘못했다고 창피를 주었다
내가 숙제를 잘못하긴 했지만
그걸 쩨쩨하게 아이들한테 까발리다니
내가 맨날 글씨를 휘갈겨 쓰는 것도 아니고
아빠가 일찍 자라고 불을 끄는데
그럼 날 보고 어떡하라고
선생님은 내가 숙제를 얼마나 힘들게 한지도 모르시면서

걱정거리

꿈에 분명히 화장실에 가서 오줌을 누었다
그런데 이상하게 이불이 다 젖었다
아침에 엄마가 다 큰 게 오줌을 쌌다고 야단을 치셨다
나는 울면서 분명히 변기에 오줌을 누었다고 했으나
씨알이 먹히지 않았다
엄마가 새 옷을 꺼내주어서 갈아입기는 했으나
내 생에 최악의 날이었다
걱정거리가 생겼다
혹시 엄마가 미영이 엄마한테나 선생님한테
내가 오늘 오줌 싼 이야기를 하면 어쩌나 싶다
우리 엄마는 내 이야기를 다른 사람한테 까발리길 참
잘한다
엄마한테 오줌 싼 이야기를 하지 말라고
말할 수도 없고 안 할 수도 없고
내가 말하지 말라고 하면
일부러 더 말할지도 몰라 어떻게 하면 좋을지 모르겠다
내가 자꾸 말하지 말라고 부탁하면
창피한 건 아니냐며 일부러 더 말할지도 모르겠다
정말 어떡하면 좋을지 모르겠다
미영이 엄마가 알면 동네방네 소문을 다 퍼질 텐데
난 엄마의 입이 걱정이 된다
엄마 입을 막을 수도 없고
당분간 엄마 말을 잘 듣는 척이라도 해야 할 것 같다

도사

참 이상한 게 있다
우리 선생님은 어떻게 내 맘을 그렇게 잘 아는 걸까
선생님이 숙제를 내는데
내가 숙제를 조금만 내라고 말씀드렸더니
초롱이 너 오늘 어디 가니 그러시는 게 아닌가
내가 어디 가는 걸 선생님은 어떻게 알았을까
대놓고 물어볼 수도 없고
오늘은 엄마 아빠의 결혼기념일이라
우리 가족이 모두 외식을 하기로 했는데
숙제 때문에 걱정이 된다
외식할 때 아빠가 술을 드시면
그날은 일찍 자라고 불을 끄신다
숙제가 있다고 해도 아침 일찍 일어나 하라고 하신다
그러니 숙제를 조금만 내주면 좋겠다
지난번에도 아침에 숙제를 하느라 막 휘갈겨 썼더니
숙제를 잘못했다고 선생님께서 미영이와 비교를 해
창피를 당했었다
또다시 창피를 당하고 싶지가 않다

변덕쟁이

우리 선생님은 변덕쟁이다
어떨 때는 내가 제일 좋다고 하시다가
어떤 날은 명숙이가 제일 좋다고 하신다
오늘은 경수가 제일 좋다고 하셨다
오늘 수학시간에 두 자리 수 더하기를 배웠다
나는 며칠 전에 학원에서 다 배운 것이다
선생님이 칠판에 문제를 내놓고
누가 풀어 볼 사람, 하고 물어보셨다
내가 손을 번쩍 들었는데도
선생님은 손도 안 들은 경수를 시켰다
경수는 세 문제 중 두 문제만 맞혔는데도
선생님은 참 잘했다며
경수가 최고로 이쁘다고 하셨다
참 여자들 성격은 알다가도 모르겠다
언제는 내가 제일 예쁘다고 하더니

나이 차

우리 아빠 나이는 마흔 두 살이다
엄마 나이는 서른여섯 살이다
여섯 살 차이가 난다
엄마는 아빠보다 여섯 살이나 적은데도 아빠한테
말을 놓는다
그래도 아빠는 엄마한테 꼼짝을 못한다
내가 여덟 살이니까 두 살짜리 애기하고 결혼을 한 거나
마찬가지다
말도 안 된다
두 살짜리가 나한테 반말을 하다니
내 동생보다도 나이가 적은 게
난 여섯 살 차이나는 애기하고는 결혼을 안 하고 말겠다
나는 나하고 나이가 똑같은 미영이하고
결혼할 것이다
그래야 미영이가 반말을 해도 억울하지 않을 것 같다
난 이것만은 꼭 지킬 것이다

싸움질

오늘 학교에서 영철이하고 싸웠다
그 새끼가 먼저 미영이를 건드렸다
미영이가 그러지 말라고 하는 데도 자꾸 건드렸다
내가 그러지 말라고 하니깐
니가 뭔데 그러냐고 덤볐다
나는 사실 미영이 짝꿍이 아니다
그냥 미영이가 좋아서
미영이를 건드리지 말라고 한 건데
나는 미영이 앞에서는 누구한테도 지기 싫다
미영이를 꼭 지켜주고 싶다
선생님께서 영철이와 나를 나오라고 하여
왜 싸웠느냐고 물으셨다
나는 영철이가 미영이를 괴롭혀서 못하게 말리다가
싸웠다고 했다
선생님께서 나는 들어가라고 하고
영철이만 벌을 세웠다
영철이 새끼 아주 쌤통이다

시간이 없다

나는 게임을 할 줄 모른다
게임을 해보지 않아서 어떻게 하는지도 모른다
우리 집엔 게임기도 없고 시간도 없다
학교 공부가 파하면 곧바로 피아노 학원에 가야 하고
피아노가 끝나면 태권도 학원
태권도 학원이 끝나면 보습 학원에 가야 한다
그래서 게임을 할 시간이 없다
집에 오면 먼저 깨끗하게 씻어야 하고
선생님이 내준 숙제부터 해야 한다
숙제를 끝내고 나선 저녁을 먹어야 하고
저녁을 먹고 나면 곧바로 일기를 써야 한다
9시가 되면 어김없이 불을 끄고 자야 된다
그래서 게임 할 시간이 없다
그래도 일요일에 축구를 할 수가 있어 다행이다

칭찬

아침자습 시간이었다
아이들이 자습은 하질 않고 떠들기만 했다
나는 아이들을 조용히 하라고 했다
아이들은 참 말을 잘 안 듣는다
내가 뭐라고 하면 잘난 체한다고 했다
솔직히 난 아무 말도 안 하고 싶지만
아이들이 떠들면 내가 선생님한테 혼나기 때문에
짜증이 날 때가 있다
엄마가 그랬다
리더는 참을 줄도 알아야 된다고 했다
그래서 억울하지만 참을 수밖에 없다
사람들은 왜 리더를 도와주지는 않고 욕만 하는 걸까
지들이 리더를 해보라지
잘할 것 같아도 잘할 수가 있나 없나
사람들이 말을 잘 안 듣기 때문이다
교장선생님이 다녀가셨다
우리 반은 아침자습을 잘한다고 칭찬하셨다
이럴 때 선생님이 계셨어야 했는데
도움이 안 된다

남자 선생님

학년말 방학이 시작되었다
방학이 끝나고 나면 나는 2학년이 된다
1학년 때 우리 선생님은 참 좋은 분이셨다
그런데 난 솔직히 싫었다
우리 선생님은 여자이고 할머니 선생님이라
체육을 싫어한다
나는 축구를 무척 좋아한다
그런데 체육을 안 해 축구를 많이 하질 못했다
선생님이 체육 하는 걸 싫어했기 때문이다
2학년 때 선생님은 남자 선생님이 됐으면 좋겠다
남자 선생님은 무섭다고 하지만
그래도 축구를 할 수 있어서
여자 선생님보다 더 나을 것 같다

3부

사에 이르는 길

Hi—story

어렸을 때 아버님 말씀
열심히 공부하거라 책 속에 길이 있단다
힘들어도 참아라 너 자신을 위해
형제들끼리 우애 있게 지내거라 화목을 위해
욕심 부리지 말거라 깨끗해지려면
선생님 말씀 잘 듣거라
훌륭한 사람이 되려거든

그 말씀
자식을 키우면서 보니
내 입에서 그대로 메아리친다

열심히 공부하거라 책 속에 길이 있단다
힘들어도 참아라 너 자신을 위해
형제들끼리 우애 있게 지내거라 화목을 위해
욕심 부리지 말거라 깨끗해지려면
선생님 말씀 잘 듣거라
훌륭한 사람이 되려거든

아버지 말씀 틀린 게 하나 없었다
hi— story는 그렇게 반복됐다

큰 병

나보다
잘난 사람만 보면
공연히
헐뜯고 싶은 사람

별처럼
아름다운 꽃을 보면
꺾고 싶어
안달이 나는 사람

누군가의
심장을 쥐어뜯지 않으면
심통이 나서
죽을 것 같은 사람

모두가
아니라고 말할 때
그렇다고 하지 않으면
혓바늘이 돋는 사람

남 잘되는 걸 보면

배가 아파
삼년 전 먹은 것까지
토하는 사람

병도
아주 큰 병 걸린 사람들이다

자식농사

동창모임 갔다가
자식 자랑에 얼빠진 팔불출들을
한없이 부러워하며
마냥 작아만 지는
가엾은 인사를 보았다

한 친구의 딸은 판사가 되고
또 다른 친구 아들은 검사가 되어
자식농사 잘못 지어
주눅 든 인사
가슴에 대못을 치고 또 쳐댔다

낳기만 하고
사람답게 키우지 못한 죄
검사는 사형을 선고함이 마땅하다 했고
판사는 사형이 마땅하나 낳아준 공을 참작
종신형을 선고한다 했다

항소하고 싶었지만
자식농사 망친 일이
모두 내 잘못이고 허물이다 싶어

말 한 마디 못하고 쥐 죽은 듯 있다가
낯 뜨거워 총총 돌아서 왔다

종신형을 산다 해도 괜찮고
팔불출이 되도 좋으니
나도 자식자랑 한번 실컷 해봤으면 싶었다

사랑의 나무를 심고 싶다

우리 사는 이 삭막한 땅에다
가슴이 따뜻해지는
사랑의 나무를 심고 싶습니다

별 헤는 마음처럼
고운 마음으로
예쁘게 살 순 없을까를 생각했습니다

촛불처럼 몸을 태워
빛이 될 수는 없었으나

별빛처럼 영롱한
꿈이라도 심어주고 싶었습니다

세상살이
시작하는 아이들에게
사랑의 샘물이 솟아나게 해주고 싶었습니다

우리 사는 이 땅에
가슴 따뜻하게 해주는
예쁜 나무를 심고 싶습니다

情體一致

마른 나무처럼
몸은 삐걱거려도
마음은 아직 이팔청춘
젊음을 맴돌고 있으니
이를 어쩐다
우리 아이들에겐
몸과 마음이
함께 자라야 한다고
늘 강조하면서도
내 몸과 마음은
함께
성숙하질 못했으니
거짓말쟁이 선생이 된 것 같아
마음이 편치 않다

언쟁의 원인

아무리 생각해 봐도
공부 못하는 건 당신 닮은 것 같아
날 닮았다면 공부하는 걸 저렇게 싫어할 수가 없어
당신 닮았으니
성적이 바닥을 기고 거꾸로 가는 거지
애가 책을 싫어하는 것만 봐도 그래
엄마가 책 한 권 읽지 않으니
애가 뭘 보고 배웠겠어
하라는 공부는 안 하고 놀기만 하는 걸 보면
당신을 그대로 빼 꽂았어
아니 저 애가 어디 봐서 날 닮았다고 그러는 거예요
보는 사람들마다
당신 빼다 박았다는데
'날 닮았다면 공부라도 잘해야지'
나는 학교 다닐 때 공부밖에 몰랐다구
'그래 학교 다닐 때 공부밖에 몰랐던 사람은
뭐 얼마나 잘됐다고 그러는 거예요'
뭐가 어째고 어째 그래 이만하면 됐지 뭘 더 바래
세상에 뭘 그리 잘났다고 큰소릴 치시는지
우리부부 싸움의 원인은 모두가 공부 때문이었다
도대체 그놈의 공부가 뭐 길래

그 사람들

산을 산이라 하지 않고
강을 강이라 부르지 않는 사람들
아무리 똑바로 걸으라고 해도
게처럼 옆으로만 걷는 못난 사람들

이 산도 내 산이요
저 강도 내 강이라고 우기는 사람들
아무리 아니라 해도
막무가내로 박박 우기는 한심한 사람들

눈 코 귀 입이 남들과 같고
먹는 것 또한 다르지 않는데
말과 행동은 전혀 다른
천동설을 주장하는 정신 나간 사람들

외계에서 온 것 같은 그 사람들
사람의 탈을 쓰고
사람노릇을 하지 못하는
사람이면서도 사람 같지 않은 그 사람들

오산

혈기 넘치던 청년교사 시절
나는 사이비 교주처럼 교만에 빠져 있었다
제 새끼밖에 모르는 팔불출들한테
아이를 맡겨만 준다면
제갈공명 같은 현자를 만들어 드리겠노라
목에 힘주곤 했었다
고개를 갸우뚱거리는 팔불출들 보면
속고만 살았느냐며 혀를 찼고
대찬 아이들에게는
악령을 쫓아낸다는 핑계로 매를 대기도 했다
아이들의 인격 따위는 생각지도 않았다
구만리장천같이 높은 아이들의 꿈을
멋대로 난도질 치는 행패를 부리기도 했다
한 세대를 지나고 보니
아이들은 훌쩍 크고 나는 찌그러들었지만
내가 공들인 아이들은 예측대로 되질 않았다
나를 철썩같이 믿고 따랐던 아이들은
공명이 되기는커녕 모두 조조 같은 인간이 됐고
길에서 우연히 만나도
두 발 다 들고 도망을 치는데
그래도 반갑다고 꼬리치는 녀석들은

전혀 사람 될 것 같지 않던
말썽꾸러기들이었다
뱀파이어 같은 인간이 되어
나를 깔아뭉개려드는 놈들은
공부 잘한다고 칭찬했던 바로 그놈들이었다

사(師)에 이르는 길

아이들 앞에
부끄럽지 않은 교사가 되게 하소서

일 년 365일 중 단 하루라도
책을 보지 않고서는
아이들 앞에 서지 않게 하시고
춘하추동 한결같은 마음으로
아이들을 맞게 하소서

사시사철 교만하지 않게 하시고
언제 어디서나 바른 몸가짐으로
모범이 되게 하시고
일 년 열두 달 아이들에게
성실히 임하게 하소서

봄, 여름, 가을, 겨울
웃는 얼굴로
아이들 앞에 서게 하시고
가르치는 일에
늘 감사하며 충실하게 하소서

〈

오늘 하루도
천사 같은 아이들의
수호천사로 살게 하시고
아이들을 위해선 목숨까지 버릴 수 있는
현명한 교사가 되게 하소서

어물전 망신은 꼴뚜기가 시킨다

아무리 칠산 앞바다가 고향이라고 해도
어부들은 콧방귀만 뀌었다
엄마들도 법성포에서 말린 참조기라고 하면
칙사 대접해줄 줄 알았는데
천만의 말씀 만만의 콩떡이었다

극성스런 엄마들이
엉덩이를 살살 긁어 주면서
간까지 꺼내 날로 먹으려고 하는 데도
썩은 속까지 다 보여주며 장단에 춤을 추는
모자라도 한참 모자라는 반편조기들이다

저 잘난 척만 했지 세상물정도 모르고
지들은 지들 스스로 지들이 고고한 줄 알겠지만
엄마들 손에서 놀아나는 줄도 모르고
길고양이조차도 거들떠보지 않는다는 걸
알기나 하는지 모르겠다

공장에서 찍어낸 물건하고
장인의 손으로 빚은 물건이 다르듯이
명품이 아닌데 명품인 척하는 게 문제였다

대접을 받으려면 그에 걸맞아야 했다
겸손이나 했더라면 멸시 당하진 않았을 텐데

지들이 무슨 참조기들이라고
대접받으려면 고통이 따르는 줄도 모르고
현실은 냉혹하다는 것도 모르면서
어물전 망신은 꼴뚜기가 시킨다더니
조기도 아닌 것이 조기인 척하는 중국산부새새끼들

방과 후

아이들 돌아간
운동장에
낙엽만
횅댕그렁하다

늦가을 해 질 녘
온기 잃은 빛 속으로
나목들의
쓸쓸한 그림자가
운동장을 쓸어 나오면
재잘대던
아이들이 그립다

복작대던
그
싱싱함이 그립다

나를 고발한다
−잘못된 교육

평생 아이들을 가르치면서 느낀 것이 있다
영어와 수학 같은 지식이 중요한 게 아니라
사람이 어떻게 살아야 하고 어떤 행동을 해야 하며
할 일과 하지 말아야 할 일을 가릴 수 있는
지혜를 가르쳤어야 했다는 것을

컴퓨터를 능숙하게 다루는 것보다
사람의 탈을 쓰고 살아가면서
사람다운 사람이 된다는 것이 어떤 의미가 있으며
사람이 무엇을 위해 살아야 하며 왜 살아야 하는지
사람의 도리를 먼저 가르쳤어야 했다

그럼에도 사람의 도리는 가르치지를 않고
금수처럼 먹고 싸기만 하는 짐승의 길을 가르쳤고
쉽고 편하게 사는 요령만 가르쳤으니
사람의 자식들이 사람이 아닌 짐승이 된 것이
전부 내 탓이 아닌가 싶다

사람을 가르치는 교육자의 한 사람으로서
사람의 길을 가르치질 아니하고
이해타산만을 따지는 짐승의 교육을 한 것만 같아
하늘보기가 부끄러워 고개를 들 수가 없다

망중한

가을비 추적거리는 날
장군님께서는 종일토록 운동장을
내려다보고 계셨다

나랏일에 골몰하시니
소풍 나갔다가 깃을 다 적신 참새 떼들도
장군님 몰래 황급히 처마 밑으로
숨어들었다
장군님 알고도 모른 체 말씀 없으시다

저 멀리 산안개 너머로
희끗희끗 모습을 드러내는 군선들이
신출귀몰한 학익진을 펼친다
안개가 걷히고 나면 승전진법이 산뜻하게
드러날 것이다
전투를 승리로 이끈 병사들
개선길이 바쁘다
여기가 전장인지 바다 한복판 유배지인지

빗소리 웃돌목보다 급하다
물소리가 높다

물바다 운동장을 말없이 내려다보시는 장군님

가을비에
갑옷이 젖는 줄도 모르신다

틱

자신도 모르게 반복적으로
되풀이하는 행동장애를 틱이라 했다
나는 그런 장애가 있다는 것도 알지 못했고
그런 장애가 있는 아이도
지금까지 한 번도 보지 못했었다
새 학년 새 학기
새로 만난 아이들과 소통의 시간을 갖는데
딸꾹질하는 소리가 들렸다
안방 벽장 속의 곶감을 훔쳐 먹다
들켰을 때 놀래서 껄떠덕 거리는 소리 같은
대수롭지 않게 생각했었는데
그 소리가 반복적으로 들리니까
신경이 쓰였다
발원지는 영철이었다
내가 뭘 훔쳐 먹었느냐는 듯이 쳐다보자
얼굴이 벌게진 영철이는
쥐구멍을 찾고 있었다
나는 영철이의 딸꾹질 소리를 멈추게 하려고
갑자기 소리를 빽 질렀는데도
영철이의 딸꾹질소리는 그치질 않았다
나중에 그게 틱 장애라는 걸 알았을 때

신에게
놀림당하는 것 같은 느낌이 들었다
무엇 때문이었을까

요즈음 아이들

아이 키우는 게 별따기보다 더 어려운 것 같다
달랑 하나만 키우다보니 귀해
애가 원하는 걸 다 들어주어야 하고
다 들어주다보면 아이 성격 버리기 십상이고
안 들어주자니 애 기죽이는 것 같고
어찌해야 할지 진퇴양란이다
무조건 귀엽게만 키울 수도 없으니
정말 애 키우기가 하늘의 별따기만큼이나 어렵다
아이도 눈치가 빨해 떼가 심하다
아직 두 돌도 안 된 녀석이
제멋대로 하려고 해
그럴 때마다
애비하고 제동을 걸고 못하게 말렸더니
할아비만 보면 싫어하는 기색이 역력하다
먹을 것과 장난감을 사줄 때나
단둘이 있을 때는
착 와서 안기고 아는 척을 하다가도
지 에미 애비가 오거나 약발이 떨어졌다 싶으면
언제 보았느냔 식이다
요즈음 아이들
왜 그리 영악스러운지
애 키우기 정말 어렵다

4부

아버지의 농사법

뚱딴지
- 풀 키우는 농부

모두가 yes를 말할 때 no를 말하는
풀을 키우는 농부가 있었다
하는 짓이 뚱딴지 같았다
농부의 아내마저 농부를 버리고 집을 나갔다
마을 사람들이 수군거렸다
이웃들이 웅성거렸다
밭에다 들깨나 콩 같은 곡식을 심지 않고
세상에 풀을 심다니
비료도 주지 않고 밭은 매지도 않았지만
밭에는 풀 하나 자라지 않고 뚱딴지만 무럭무럭 자랐다
저러니 마누라가 집을 안 나가
농부의 기행은 TV를 타고 일파만파 퍼져 나갔다
그래도 뚱딴지같은 직불금은 나왔다
농부가 삼겹살을 굽자
집 나간 아내가 돌아왔다

아버지의 농사법

아버지의 농사법은 특이했다
다른 사람들은 가을걷이가 끝나면
땅심을 돋우기 위해 논밭에 거름 내고
풍년농사를 기약하는데 비해
아버지의 농사방식은 땅심 떨어진 논밭에
거름 내는 게 아니라
화전민처럼 걸은 땅을 찾아다니는 것이었다
씨앗 뿌리는 방법도
포토에 뿌려 옮겨 심는 게 아니라
땅에다 직접 구멍을 뚫은 다음 씨앗을 넣는
아주 원시적인 영농법을 고집하셨다
그것이 아버지 농사법의 전부였다
곡식이 잘되고 못되는 것은 순전히 땅의 몫이었다
자식들 기르는 법도 그랬다
씨만 뿌려 놓았지 공부라고는 시키려 하지 않았다
그래도 자식들은 스스로 눈 틔우고 꽃 피웠다
결혼도 그랬다
제 스스로 나비처럼 꽃을 찾지 않는다면
짝 지워 주기는커녕
못난 놈이라고 꼴도 보려 하질 않으셨다
그러니 살아남으려면 배보다 배꼽을 곱절로

키울 수밖에
그게 아버지의 농사법이자 자식 기르는 법이었다
그래도 모두가 감기 하나 걸리지 않고
건강하게 잘 자라주었다

벼농사

2008년 가을
수연이 딸의 결혼 피로연에서
젊음을 빛의 속도로 잃어버린 놈들이 모여
6등성보다 희미한 학창시절 이야기 대신
제 자식자랑에 팔불출들처럼 열을 올렸다

벼농사도 아닌 두 마지기 보리농사로
자식농사를 접었던 나는
못난 팔불출들 틈에도 끼지 못한 채
폐농의 아픔을
후 발찌 고름 짜내듯 짜고 또 짜야 했다

거름기라곤 없는 모래자갈밭에 지은 농사
씨 값이라도 건져보겠다고
노심초사 삼고초려까지 다했던 나는
끓는 속을 달래려고
목구멍 속으로 쓰디 쓴 소주만 쏟아 부었다

쇳물처럼 뜨거웠던 속이 싸늘하게 식고
그해 가을 짧은 해가
서산 아래로 자신을 밀어 넣을 때

술에 취해 초췌한 모습으로 돌아왔던 나는
예전에 아버지가 하셨던 말씀을 생각해 냈다

뭐니 뭐니 해도 농사는 벼농사를 지어야 하는 겨
못자리 설치할 땐 힘들지만
힘든 만큼 수확의 기쁨은 배가 되니까
너도 보리농사 집어치고
벼농사를 지어야지 아직 늦지 않았응께

밭 논이라고 부르지 않고
논밭이라고 부르는 이유 알 것 같았다

성폭행을 당하다

성폭력의 대부분이
면식범에 의해 일어난다고 하더니만
오늘(12.12.12)* 난 나를 지켜주어야 할
친 할배한테 폭행을 당했다 아주 참혹하게

생판 모르는 사람한테 당했다면야
미친개한테 한 번 물렸다고 치면 되겠지만
이건 가장 믿었던 친 할배가 폭행을 했으니
도저히 잊을 수 없을 것 같다

제 잘못을 감추려고 손녀를 폭행하고 재갈까지 물렸으니
아마 죽을 때까지 잊히지 않겠다 싶다
그 끔직한 기억
아무리 압박붕대로 잘못을 싸맨다 해도

이승이 아니면 저승에 가서라도
언젠가는 밝혀지게 되리 천벌을 면키는 어려우리라
사람 사는 세상이 이래서는 안되는데
세상 험하다 보니

친 할배가 손녀를 범하다니

그것도 자신이 하지 말라고 해놓고
사람들이 지켜보고 있는 벌건 대낮에
세상 참 믿을 놈 하나 없다

*오늘 : 2012년 초빙교사 권한을 박탈당했던 날

소

하늘도 끊을 수 없다는
모자간의 정마저 모질게 끊고
어스름 새벽길
누렁이 앞세우고
바쁜 걸음 재촉하시던 아버지는
연신
이눔의 소야 어서가자
이눔의 소야 어서 가자며
회초리를 치신다

송아지 목맨 울음에
가슴이 짠해지신 어머니는
일손마저 안 잡혀
소죽 끓는 가마솥에
콩 한줌 넣으시며
연신
얼른 커야지 어미만큼
얼른 커서 논밭 갈자며
소매 끝을 적신다

부모는 죄인이 아니다

낳아서 먹이고 입히고 키워서 짝 지워 주었으면
봉선화 씨앗처럼 꽃밭 한쪽 가에나 울밑에서
예쁘게 싹 틔우고 꽃 피워
학처럼 우아하게 홀로서기를 할 것이지
남실바람만 불어도 전화를 걸어와
엄마표 김치찌개가 먹고 싶고 마미 손맛이 그립다는 둥
황소울음 같은 헛소리를 해대면
나보고 어떻게 하라는 건지
마음이 약해져서 결혼한 지 얼마 안됐으니까
다음번에는 제 스스로 하겠지
첫 번째 부탁이니까 하고 들어주었더니
이제는 아예 아이까지 갖다 맡기며
사람으로 키워달란다
도대체 무슨 권리로 내가 무슨 죽을죄를 지었다고
나한테 그런 일을 시키려 드는 건지
말만하면 다 들어주었더니 만만한 구석을 보았나
지들은 젊디젊은 것들이 힘들다고 안 하면서
힘들고 하기 싫은 일은 모두
늙은 어미한테 덤터길 씌우려고 해
내가 무슨 중죄인이라고 이건 너무 가혹하잖니

된장 구더기

된장독을 열자 변신을 꿈꾸는 구더기들이
주체 못할 뱃살을 출렁이며
된장독을 기어오르고 있었다

깜짝 놀란 나는 아내를 불렀다
불러온 아내 얼굴색 하나 변치 않고
구더기를 잡아내더니 아무 일도 없었다는 듯
천연덕스럽게 장독 뚜껑을 덮는다

생각만 해도 찜찜한데
아무 일도 없었던 것처럼 제 일만 하는 아내
기가 막혀 아무 말도 나오지 않았다
벌레만 봐도 질겁하던 사람이 어찌 저리 초연할 수가
있을까

살림에 쪼들리다보니
된장 속의 구더기쯤은 아무렇지도 않은 건지
아내도 처음엔 난감했으리라
염라대왕보다 무서운 게 돈이니
어쩔 수 없었을 거라는 생각이 들었다

〈

메가 피거나 구더기가 생겼다고 해서
된장을 독채로 버릴 수는 없었을 것이다
돈 못 버는 죄로 눈을 감아야 했다
울며 겨자 먹기로 된장찌개를 먹을 수밖에

어머니

어머니
당신이 계셔서
든든했습니다

당신이 계셔서
두렵지 않았고
무섭지도 않았습니다

당신이 계셨기에
무겁고 힘든 삶도
헤쳐 나갈 수가 있었습니다

그러나
어머니
당신이 계셔서
무척 힘들었습니다

그러니
어머니
이젠 더 이상
늙지 마세요

안동 간고등어

비리고 흔해 빠진 게 죄라
양반고을 안동까지 붙들려와
소금에 절여지는 수모를 당하고도
화형에 처해지는 극형으로
온몸에 육시를 당한 고등어 한 손

양반들의 체면을 깎았다는
근거 없는 소문
조선팔도 동네방네 퍼트리며
하얀 접시 위에
앙상한 가시로 발라져 누워 있다

청사에 길이 빛날
변치 않는 한결같은 곧은 충정
시뻘건 숯불의 단근질로도 바꾸지 못한
안동 간고등어의
변치 않는 깊은 맛과 명성

안동 간고등어인가 안동간 고등어인가

그때가 좋았다
– 한때 우리 뇌리엔 스승의 그림자조차 밟지 않는 아름다운 풍습이 있었다

그래그래, 그땐 그랬어
그래서 그때가 좋았던 거야
우리가 누구 때문에 이 고생을 하는데
이게 말이나 되는 소리여
말도 안되는 소리지……

그래그래, 그래서 변했다고 하잖아
그래도 그렇지 어떻게 이럴 수가 있니?
그래그래, 그렇지만 어쩌겠나
우리가 잘못 가르쳐서 엎질러진 일이데
누굴 원망하겠나

그래도 그렇지 어떻게 이럴 수가 있어
어떻게 이럴 수가……
선생은 사람도 아니야 이게 말이 되는 소리여
말도 안되는 소리지
그래그래, 네 말이 맞아 그렇지만 어쩌겠나,
세상이 다 그런 걸
모두가 다 미쳐서 그런 거라고 그러니까 네가 참아

〈

아무리 그래도 그렇지 미치지 않고서야
그래 그거는 그렇다고 치자
그래도 그렇지 어떻게 이럴 수가......
세상이 아무리 막 간다 해도 이럴 수는 없어
그래, 그렇지만 어쩌겠나 세상이 다 그런데
자, 그러지 말고 술이나 마시자구

취하면 잊을 수 있을 게야
이 나라에 대한 기대도 우리의 미래도 잊힐 게야
내가 살고 학교도 교육도 있는 거지
내가 죽고 난 다음 그런 게 무슨 소용이 있느냐 말야
안 그런가? 참으라고......

오라잇......히히히

딸딸이 아빠

죽었다 깨나도 나는
며느리 사랑은 할 수 없을 듯싶다
아들이 없으니
며느리를 들일 수 없어
며느리 사랑은 할 수가 없을 듯싶다

낳을 수만 있다면
지금이라도 떡두꺼비 같은 아들을 낳아
죽기 전에 며느리 사랑은 시아비라는 말을 증명해보이고
건재함도 과시하고 싶지만 돛 없는 배라
그런 기쁨은 맛볼 수 없을 듯싶다

아들이 회갑이 되도록
손자를 포기하지 않으셨던 어머닌
장손이 딸딸이 아빠로 자식농사를 끝마쳤을 때
조상 뵐 면목이 없다시며
자식 걱정보다 당신 걱정을 먼저 하셨다

아들 못난 자식을 바라보며
세상이 어떻게 되려고 그러는지 모르시겠다며

〈
마누라한테 잘하라고 당부까지 하시던 어머니
당신 사후가 걱정되셨던가 보다
아들 없는 아들의 노후가

아버지라 불리는 당신

아버지 당신은
짐을 가득 실은 마차를 끌고
비포장도로를 터벅거리며 걷고 있는
땀에 전 황소입니다
한눈 팔 줄도 모르고
옆을 돌아볼 줄도 모르며
고집스럽게 제 갈 길만 가는 미련 곰퉁이랄까
기뻐도 기뻐할 줄 모르고
화가 나도 화낼 줄도 모르고
슬퍼도 슬퍼할 줄 모르며
즐거워도 즐거워할 줄 모르는
소죽은 귀신같은 아니 목석같은 당신은
죽어라 일만 하는 숙맥입니다
힘든 줄도 모르고 요령 피울 줄도 모르며
처자식을 위해선 몸과 마음이 부서져도
아파할 줄 모르며
힘들어도 힘들다고 생각한 적이 없고
한 번도 자신을 사랑해 본 적 없으며
한 번도 자신이 불쌍하다고 생각해 본 적 없는
바보천치 같은 소입니다
그런데도 사내들은 왜 소가 되려고
기를 쓰는지
그걸 모르겠습니다

고래울음

딸 여의는 아버지들은
딸의 손을 사위한테 넘겨줄 때
고래울음을 운다고 한다
나는 그런 일은 절대로 없을 거라고
장담을 했다
딸이 결혼하던 날
내 딸의 손을 내 손으로 낯선 사내에게 넘겨주면서
나는 블랙홀로 빨려들고 말았다
내 손을 떠난 딸이
낯선 사내의 손을 잡고 우주로 헤엄쳐가자
나는 세상을 전부 잃은 듯 허전해져
고래울음을 터뜨리고 말았다
얼마 후 딸의 배가 한가위 달만큼 부풀어 올랐을 땐
사위 놈이 그렇게 미울 수가 없었다
겉으로는 태연한 척하였지만
마음은 깨진 거울처럼 아팠다
딸이 손주를 낳았을 땐
이젠 내 딸이 아니라
한 아이의 엄마라는 생각이 들어 더 울적했다
그래도 손주는 예뻤다

불새

겨울 산야에는 불새가 살고 있다
삼짇날 강남 갔던 제비가 돌아오듯
초목이 낙엽을 떨구고
벌레들이 동안거에 들 무렵 불새는 돌아와
마른 풀숲에 소리 없이 둥지를 튼다
겨울을 따뜻하게 보내는 데는
불새보다 좋은 게 없다
밍크 털처럼 따뜻한 불새를
집집마다 애완견처럼 기르기도 하는데
살갑게 대하지 않으면 야성野性이 되살아나
주인을 물기도 해 각별한 주의를 필요로 한다
불새는 바람 부는 날을 골라
이른 봄 어미닭이 병아리를 까듯
꼬물락 꼬물락 불씨를 키워 티라노사우루스가 되기
도 한다
불새는 봄바람이 살랑거리면
덩실덩실 신바람이 나서 춤을 추기도 하는데
궁노루처럼 경중경중 산을 건너뛰기도 하고
온 산을 물어뜯어 상처를 내기도 한다
불새가 지나간 자리는 짐새가 앉았다 간 것처럼
숲 전체가 신기루로 변하기도 한다

한겨울밤 불새가 춤추는 걸 보노라면
지옥 불에 떨어진 것 같은 착각이 들기도 한다

외손자

유민이는
내 나이 회갑이 넘어 본 첫 외손자다
30여 년 전 아내가 유민 어미를 낳았을 때도
한 번도 안아 준 적 없던 내가
종일토록 안고 다녀도 팔도 안 아픈
하나밖에 없는 무지무지 예쁜 손자이다
잔정이라곤 없어 아내가 목석영감이라 부르는데도
손자는 왜 그리 예쁜지 알 수가 없다
아내는 내가 늙었다고도 하고
사람이 죽을 때가 되니 변한 것 같다고도 하지만
나도 내가 왜 그리 변했는지는 알 수가 없다
사람들은 외손자를 위하느니
방아공이를 위하는 게 났다고들 하더라만
나한테는 해당이 안되는 말 같다
요즈음엔 워낙 아이들이 귀해
그런가도 했으나 그것도 아닌 것 같다
그래도 팔불출들처럼
스마트폰 바탕화면에 손자사진을 깔고
자랑하는
유난까진 떨고 있진 않다

교문 밖에서 올리는 기도 『사(師)에 이르는 길』

김필영(시인, 문학평론가)

홍문식 시인은 교육대학에서 교육을 전공하고 평생을 교단에서 아이들을 가르친 교사이자 국문학을 전공한 시인으로 이미 『이상한 계산법』과 『미필적 고의』라는 시집을 상재한 바 있다. 이번 시집의 제목은 『사(師)에 이르는 길』로서 교육자로서 살아온 한 생을 시인의 관점에서 사유한 시집이다. 제목을 분석해볼 때, 가르치는 자를 뜻하는 사(師)와 '어떤 정도나 범위에 미치다'를 뜻하는 '이르다'라는 동사와 '어떤 일을 수행하는 이치, 근원, 기능, 방법, 사상, 인의(仁義), 덕행(德行), 기예, 정령(政令), 행정(行程))'을 의미하는 길(道)을 합성한 『사(師)에 이르는 길』은 한 교육자의 생을 반추한 서사적 기록이라고 할 수 있다. 홍문식 시인은 '시인의 말'에서 자신의 잘못된 생각의 "오류로 인해 상처를 입은 모든 영혼들에게 용서를 비는 마음으로 이 책을 바친다."고 하였는바, 사람의 다른 존재와 구별되는 가장 아름다운 특성인 '참회(懺悔)라는 정신적 성향이 이번 시집의 시정신(詩精神)으로 행간을 이끌어가고 있음을 본다.

1. 아이들 앞에 선 스승의 참회록

　시집에 소개된 한 장의 사진으로 시인을 만나본다. 교사라는 신분으로 걸어온 길에서 내려온 홍문식 시인은 자연의 일부로 돌아와 하늘과 땅 사이에서 흙을 밟고 한 그루 나무처럼 바람이 불어오는 곳을 응시하고 있다. 동공의 조리개를 열어 머리카락과 수염이 반백으로 변해갔던 시간을 더듬어 올라가 떠나온 교문을 다시 열고 들어가려는 것 같다. 다시 들어가 설 수 없는 교단이 그리워서 마음은 어느새 교정을 향하고 있는 듯하다. 한 생을 '스승'이라는 존재로 숨 쉬게 한 '아이들'을 찾아 시를 통해 나서보는 것이다.

> 눈처럼 깨끗한 아이들에게
> 세속의 새까만 때를 묻히고 있는 나는
> 아이들을 가르치는 교사가 맞는질 모르겠다
> 아이들 앞에서
> 도덕군자처럼 온갖 위선 다 떨며
> 입 바른 소리를 해대는 나는
> 단 한번이라도
> 사람다운 사람 노릇을 한 적이 있는지
> 아이들 앞에서
> 질리도록 효도를 강요하고 있는 나는
> 단 한번이라도

부모님에게 마음에서 우러난 효도를 해보기나 했는지
아이들 앞에서
공부가 살길이라고 목소리를 높였던 나는
단 한번이라도
코피 터지도록 공부를 해본 적이 있기나 한지
눈같이 하얗고 깨끗한 아이들을
감언이설로 속이고 최선을 다하라고 말하는 나는
하늘을 우러러 한 점 부끄럼 없는 선생이었노라
말할 수가 있는지
눈같이 깨끗한 아이들 앞에서
가슴에 손을 얹고
한 점 부끄럼이 없다고 맹세할 수 있는지

– 「아이들 앞에서」 부분

　위 시는 "아이"라는 어린 제자들 앞에 자신을 세운 화
자인 스승이 스스로에게 자문하는 형식으로 전개되는 시
로서 시집의 첫 시로 등장하는 작품이다. 얼마나 아이를
만나고 싶었을까? 첫 행은 그 아이들을 "눈처럼 깨끗한
아이들"이라고 명명하고 있다. 그 한 행의 묘사에서 시인
인 선생님의 가슴속에 존재하는 모든 아이들이 어떠한 존
재인지 가늠할 수 있다. 그러나 막상 스승인 화자는 자신
을 "세속의 새까만 때를 묻히고 있는" 존재라고 말한다.
"아이들을 가르치는 교사가 맞는지 모르겠다."라고 한다.
"눈처럼 깨끗한 아이들" 앞에 '때 묻은 존재'로서 네 가지
자문을 쏟아낸다. "단 한번이라도/ 사람다운 사람 노릇
을 한 적이 있는지"라는 자문으로 '도덕의 실천자'로서의

어떤 선생님이었는지를 묻는다. 아이들 앞에서 "질리도록 효도를 강요하고 있는 나는/ 단 한번이라도/ 부모님에게 마음에서 우러난 효도를 해보기나 했는지"라는 자문으로 "효의 실천자"라는 관점에서 자신이 어떤 선생님이었는지를 묻는다. 공부를 하라는 독려와 최선을 다하라는 격려를 쏟아 부었던 선생님으로서 아이들 앞에 "하늘을 우러러 한 점 부끄럼 없는 선생이었노라/ 말할 수가 있는지/ 눈같이 깨끗한 아이들 앞에서/ 가슴에 손을 얹고/한 점 부끄럼이 없다고 맹세할 수 있는지" 자문하고 있다. 자문의 형식으로 반복되는 행간이 절규하는 한 교사의 울부짖음으로 들리는 이유는 무엇인가? 그 바탕에 자기발견의 양심선언인 '참회'라는 시정신이 흐르고 있기 때문이다. 즉 부끄러움을 뉘우치는 참회(慙悔)에 더하여 깨달음과 눈물이 수반된 뉘우침이라 할 수 있는 참회[懺悔]록으로 다가온다.

> 때 묻은 걸레로/
> 닦아낸/ 아이들은
> 깨끗할까 더러울까
> 아무리/ 생각을 해봐도
> 정답을/ 모르겠다

– 「미스터리」 전문

'미스터리'는 수수께끼와 비밀에 싸여 있어서 설명하기 힘든 이상한 사물이나 사건을 말한다. 화자는 의미심장하게도 '선생'을 "때 묻은 걸레"로 묘사하고 있다. 수련이라는 과정을 겪는 아이들에게 교사의 닦아주는 역할에서 '걸레'라는 도구를 대입한 것일 게다. 이처럼 홍문식 시인이 아이들 앞에 자신을 세우고 스스로를 깎아내리는 발언으로 시 속의 화자를 압박해 나아가는 행위를 통해 '참회'의 과정을 반복하여 드러내는 것은 교사시인이기에 가능한 겸허한 고백이라 할 수 있다.

가르치고 배움이 이루어져야 할 시간에
교실 밖에서
참교육을 부르짖으며
빡빡 밀은 중머리에 붉은 띠를 두르고
오른손을 치켜들고 진군가를 부르며
결의를 다지는 선생님들이 계셨지

처음엔
백년대계를 위해
비틀린 교육을 바로잡겠다기에
참교육자들이라 믿었었지
기대도 컸고
새 교육의 지평을 열 빛이라고 생각했었지

성직이라는 교직을
스스로 노동자라 비하하지 않고
스승의 존엄까지 팽개치지 않았다면
아무것도 모르는 아이들을 인질로 잡고
떼거리로 억지만 부리지 않았더라면
아무것도 모르고 깜빡 속을 뻔했었지

교육입국만이 살길인 이 나라에서
예와 의를 신봉하던 이 나라에서
민주주의를 추구하는 이 나라에서
필요에 따라 불의가 정의가 될 수 있다는 연금술을
해맑은 아이들께 가르치시는
잘난 선생님들이 계셨지

앵무새처럼 입으로만
참교육 참스승을 부르짖으며
생각이 다르다고 동료를 적대시하고
스스로 교권을 무너뜨리며
참교육을 핑계 삼아
제 잇속만 채우려 드는 선생님들이

참교육을 핑계로 결의를 다지는 노동자들이

– 「결의를 다지는 노동자들」 전문

　위 시의 제목과 행간의 대명사적 호칭들이 은유하고 있
는 시 속의 주된 행위자들이 누구인지 직접적으로 밝혀주
는 명칭은 어디에도 없다. 「결의를 다지는 노동자들」이 노
동자가 아닌 선생님들이라는 것을 밝히는 행간의 묘사
는 사회면의 기사를 은유하고 있는 것처럼 읽힌다. 근년에
서 현재에 이르는 교육계의 분열사태를 다룬 매스컴의 기
사를 읽는 것처럼 생생하다. 첫 연 "가르치고 배움이 이루
어져야 할 시간에/ 교실 밖에서/ 참교육을 부르짖으며/

빡빡 밀은 중머리에 붉은 띠를 두르고/ 오른손을 치켜들고 진군가를 부르며/ 결의를 다지는 선생님들"이라는 표현에서 '단체집회를 통한 결의대회를 하는 교육자 집단'임을 알게 한다. 2연에서 화자는 "결의를 다지는 노동자들"의 '처음 구호와 개혁에 대한 의지'를 기대했음을 밝히고 있다. 그러나 3연에서 그들이 "성직이라는 교직을 스스로 노동자라 비하"했음을, "스승의 존엄까지 팽개"쳤음을, "아무것도 모르는 아이들을 인질로 잡고/ 떼거리로 억지"를 부렸음에 "아무것도 모르고 깜빡 속을 뻔했었"음을 고백하고 있다. 4연에서는 "교육입국만이 살길인, 예와 의를 신봉하던, 민주주의를 추구하는 이 나라에서/ 필요에 따라 불의가 정의가 될 수 있다는 연금술을/ 해맑은 아이들께 가르치시는/ 잘난 선생님들이 계셨지"라는 폭로와 풍자로 특정 교육자집단을 비난하고 있다. "앵무새처럼 입으로만/ 참교육 참스승을 부르짖으며/ 생각이 다르다고 동료를 적대시하고/스스로 교권을 무너뜨리며/ 참교육을 핑계 삼아/ 제 잇속만 채우려 드는 선생님들이" 있었음을 폭로하고 있다. "참교육을 핑계로 결의를 다지는 노동자들" 그 속에 화자가 포함되지 않음은 자명한 것 같다. 그들이 누구라고 밝히지 않는 연유는 무엇인가? 그것은 시인이자 교육자인 화자의 가슴속에 "아이들 앞에서" 모든 스승을 대변하지 못하는 시대적 아픔과 응어리를 삭히지 못하는 비통함을 안고 있음이 아닐까? 그러나 그 응어리를 詩라는 장치를 통해 아이들 앞에서 참회함으로 "눈처럼 깨끗한 아이들"에게서 「사師에 이르는 길」을 깨닫게 되었음을 고백하고 있는 것이다.

2. 세상을 향해 흔드는 아이들의 생각조각보

이제 화자는 아이들 입장으로 돌아간다. '2부 장래희망'은 교사 홍문식 선생의 이야기라기보다 홍문식 시인을 통한 초등학생의 이야기라고 해야 할 것 같다. 홍문식 시인도 어린 아이들 앞에 스스로를 세우고 "눈처럼 깨끗한 아이들"의 말을 들으려 한다. 시는 화자가 그 말을 하려는 또 다른 도구로 변용된 장치이다. 시 속의 어린아이로 변신한 화자가 철이 없든 생각이 미숙하든 아이들의 진솔한 생각과 말을 그들과 같은 위치에서 스스로에게, 나아가 세상을 향해 들려주고 싶은 것이다.

학교는 가야 한다고 해서 할 수 없이 가는 곳이다
공부를 하러 가는 곳이 아닌데도
엄마는 왜 자꾸 학교에 가라고 하시는지 모르겠다
공부는 학원에서 다했는데
선생님은 공부는 학원에서 하는 게 아니라고 하였지만
나는 선생님의 말을 믿을 수가 없다
공부는 학원에서 하기 때문이다
선생님은 청소도 공부라고 우기신다
나는 청소를 우리한테 시키려고 하는
꼼수라는 걸 이미 알고 있다
대학생 언니들도 안 하는 교실 청소를
왜 우리같이 어린 초등학생이 해야 하는지
(중략)

언제까지 빗자루로 교실 바닥을 쓸어야 하는지
얼른 졸업을 했으면 좋겠다
(하략)

- 「청소」 부문

　제목이 「청소」인 위 시는 "학교는 가야 한다고 해서 할
수 없이 가는 곳이다/ 공부를 하러 가는 곳이 아닌데도/
엄마는 왜 자꾸 학교에 가라고 하시는지 모르겠다."라고
시작된다. "공부는 학원에서 다했"기 때문에 학교에서 공
부할 필요가 없다는 것이다. 오늘날의 학교의 역할 중 공
부하는 장소로서 학교가 제 역할을 하지 못하고 있다고
고발하는 아이들의 생각을 대변하고 있다.
　중간 행부터는 '청소'에 대한 견해가 펼쳐진다. "선생님
은 청소도 공부라고 우기신다/ 나는 청소를 우리한테 시
키려고 하는/ 꼼수라는 걸 이미 알고 있다/ 대학생 언니들
도 안 하는 교실 청소를/ 왜 우리같이 어린 초등학생이 해
야 하는지" 이해할 수 없다는 것이다. 아이들이 청소를 얼
마나 하기 싫어하는지, 청소의 강도가 얼마나 높은지 알
게 한다. 심지어 청소를 하기 싫어 "언제까지 빗자루로 교
실 바닥을 쓸어야 하는지/ 얼른 졸업을 했으면 좋겠다"는
표현을 볼 때, 청소를 하고 공부를 하게 하는 일이 교육의
차원을 넘어 노동의 단계에 까지 인식될 정도로 시행되고
있다는 인상을 떨쳐버릴 수 없다. 아이들의 생각 그대로라
면 공부를 학교에서 하지 않고 학교 밖 '학원'에서 하는
것이라는 말에 학교의 수업내용에도 문제가 있음을 느낄

수 있다. 학원의 수업내용에 비해 학교수업의 질이 현저히
떨어지는 것을 아이들이 알고 있는 것이다. 따라서 어린아
이들에게 학교에서 시행하는 공부와 청소가 지겹게 느껴질
만큼 힘겨운 것임을 알게 한다.

> 선생님께서
> 너의 장래 희망이 무엇이냐고 물었다
> 희망이라는 말은 알겠는데 장래라는 말의 뜻은
> 잘 모르겠다
> (중략)
> 그냥 나중에 어른이 돼서 뭐가 되고 싶으냐고
> 물어보면 될 것을
> 커서 무엇이 될지는 솔직히 나도 모른다
> 아무리 생각을 해봐도 선생님을 이해할 수가 없다
> (중략)
> 내가 대통령이 되고 싶다고
> 대통령이 된다면 얼마나 좋을까
> 엄마는 커서 판검사를 하라고 하시지만
> 나하고는 안 맞는 것 같다
> 정말 나는 커서 무엇을 해야 할지 모르겠다
> 공부는 하기 싫고

> ― 「장래희망」 부분

초등학교 어린이에게 "선생님께서/ 너의 장래 희망이 무

엇이냐고 물었"을 때 "희망이라는 말은 알겠는데 장래라는 말의 뜻은 잘 모르겠다."고 시작되나 행간을 읽어내려가면 그 단어의 의미를 모르는 것이 아님을 알게 한다. "그냥 나중에 어른이 돼서 뭐가 되고 싶으냐고/ 물어보면 될 것을"이라고 하고 있음을 볼 때 그렇다. 정작 어린이가 모르는 것은 '장래'라는 단어가 아니라 "커서 무엇이 될지는 솔직히 나도 모른다"는 것이다. 학교 선생님이나 가정의 부모가 아이들에게 장래에 어떠한 사람이 되기를 알려주고 가르치는 것이라기보다 '무엇이 되어야 하는 면'에서 학생인 어린아이들에게 '직업'을 강조하고 있음을 알게 한다. 그 직업에 관해서도 "엄마는 커서 판검사를 하라고 하시지만 나하고는 안 맞는 것 같다"고 하는 걸 보면 부모와 아이의 생각이 다르다는 것을 알려준다. 시의 종반에 "정말 나는 커서 무엇을 해야 할지 모르겠다"는 말이 이 시대의 어른들이 암울한 절벽 앞에 아이들을 세워놓았음을 느끼게 한다.

학기말 고사 시험지를 받았다
다 100점을 받았는데 가장 쉬운 바른생활에서
한 문제를 틀렸다
선생님은 왜 시험문제를 얄라꿍하게 냈는지
점수 주기가 싫어서 그랬을까
아니면 골탕 먹이려고 일부로 그랬을까
선생님들의 심리는 알 수가 없다
내가 왜 틀렸는지 아무리 생각해도 이해가 되질 않는다

시험을 치른 아이가 문제의 모호성 때문에 답안지 내용에 대해 이해가지 않아 당황하고 있는 상황을 알려준다. 흔히 '아닌 것을 찾으라'는 제시나 '틀린 것을 찾으라'는 지시어로 된 시험지를 받고 시험을 치르며 자라온 선생님들이 똑 같은 시험지를 통해 애매하고 옹색한 경우를 나열했을 때 얼마나 혼란스러웠는지 기억한다. 시험이라는 제도를 통한 수학능력 향상 방법의 난제를 어린아이의 이야기를 통해 접하게 될 때, 어른들은 무엇이라고 말해야 하는가?

　　난 누구랑 비교 당하는 게 제일 싫다
　　그런데 우리선생님은 비교를 참 잘한다
　　오늘도 선생님이 나와 미영이를 비교해서 참 속
이 상했다
　　숙제를 했는데 숙제가 너무 많아 글씨를 막 썼
더니
　　'참 잘했어요' 도장을 안 찍어주셨다
　　그리고 공책을 선생님 책상에 가져다 놓으라고
했다
　　숙제 검사가 끝나고 선생님이 미영이 숙제랑
　　내 숙제를 들고 보여주면서 말했다
　　미영이는 숙제를 아주 깨끗하게 잘했다고 칭찬
을 해주고
　　나는 숙제를 잘못했다고 창피를 주었다
　　(하략)

꿈에 분명히 화장실에 가서 오줌을 누었다
그런데 이상하게 이불이 다 젖었다
(중략)
걱정거리가 생겼다
혹시 엄마가 미영이 엄마한테나 선생님한테
내가 오늘 오줌 싼 이야기를 하면 어쩌나 싶다
우리 엄마는 내 이야기를 다른 사람한테 까발리
길 참 잘한다
(중략)
엄마 입을 막을 수도 없고
당분간 엄마 말을 잘 듣는 척이라도 해야 할 것
같다

― 「걱정거리」 부분

위 시는 어른인 선생님과 어머니가 아이의 실수를 폭로
하는 것에 대한 속상한 마음을 표현한 것이다. 「비교」에
서는, 숙제를 동급생 아이와 비교당하는 과정에서 속상한
마음을 표현한 것인데 비교된 기준의 동급생은 평소 화자
인 어린이가 좋아하는 여자 친구인데 선생님이 그 친구와
비교했으니 창피한 마음이 컸을 것이다.

「걱정거리」에서는 밤중에 잠자리에서 실수로 오줌을 싸
게 된 상황을 엄마가 폭로할까봐 생긴 걱정거리를 표현한
것이다. 어른이라면 유년시절에 한번쯤은 겪었을 이야기라

서 웃음이 나오는 동화 한 편을 읽는 것 같다. 진정한 행복이 무언지 모를 어린 시절 부모슬하에 있다는 것만으로도 얼마나 행복하고 감사한 일인가. 그러나 어린아이에게도 걱정거리가 있다는 것을 알게 될 때, 어른들은 웃어야 할지 웃음을 멈추어야 할지 망설이게 된다. 어린아이들 세계에도 어른들의 사회나 마찬가지로 자기들 나름대로 체면과 자존심과 인격이 존재한다는 것을 알게 한다. 자신의 실수나 부족함을 남과 비교당하고 속상하지 않는 이는 지구상에 없을 것이다.

> 나는 게임을 할 줄 모른다
> 게임을 해보지 않아서 어떻게 하는지도 모른다
> 우리 집엔 게임기도 없고 시간도 없다
> 학교 공부가 파하면 곧바로 피아노 학원에 가야 하고
> 피아노가 끝나면 태권도 학원
> 태권도 학원이 끝나면 보습 학원에 가야 한다
> 그래서 게임을 할 시간이 없다
> 집에 오면 먼저 깨끗하게 씻어야 하고
> 선생님이 내준 숙제부터 해야 한다
> 숙제를 끝내고 나선 저녁을 먹어야 하고
> 저녁을 먹고 나면 곧바로 일기를 써야 한다
> 9시가 되면 어김없이 불을 끄고 자야 된다
> 그래서 게임 할 시간이 없다
> 그래도 일요일에 축구를 할 수가 있어 다행이다
>
> ―「시간이 없다」 전문

현대사회의 성인들이 살아가는 생활양상에서 시간의 사용에 대한 어려움으로 인해「시간이 없다」라는 화두에 공감한다. 그런데 위 시는 어린이의 세계에도 마찬가지임을 알려준다. 전자오락게임을 해야 하는 것이 반드시 옳고 좋은 일이라고는 할 수 없을 것이다. 그러나 이 시는 여가 선용에 대한 시간의 활용 면에서「시간이 없다」라는 어른들이 만들어놓은 사회 메카니즘 안에 어린이들이 톱니바퀴처럼 끼어있다는 점을 부각시키고 있어 쟁점을 던져주고 있다. "학교 공부가 파하면 곧바로 피아노 학원에 가야하고/ 피아노가 끝나면 태권도 학원/ 태권도 학원이 끝나면 보습 학원에 가야 한다/ 그래서 게임을 할 시간이 없다"는 것이다. '학원'이라는 학업제도 속에 우리 아이들이 눈코 뜰 새 없이 바쁜 시간에 쫓기며 긴장 속에 살아가고 있는 상황이 가슴 아프다. 학원뿐만이 아니라 "집에 오면 먼저 깨끗하게 씻어야 하고/ 선생님이 내준 숙제부터 해야 한다/ 숙제를 끝내고 나선 저녁을 먹어야 하고/ 저녁을 먹고 나면 곧바로 일기를 써야 한다./ 9시가 되면 어김없이 불을 끄고 자야 된다/ 그래서 게임 할 시간이 없다"는 것이다. 이렇게 바쁘게 시간이 없는 모든 일정을 우리의 아이들은 소화하고 있는 것처럼 보일 수 있으나 사실 그렇지 않은 아이들은 또 얼마나 많을 것인가 생각해보게 된다. 맨 마지막 행에 "그래도 일요일에 축구를 할 수가 있어 다행이다"라는 말에서 안식을 취하는 아이를 보며 너무도 미안한 생각을 떨칠 수 없다.

어른들이 만들어 놓은 교육제도가 어린이들에게 진정한 행복을 제공하는 것인지, 유년의 기간에도 그들이 즐거운 가운데 행복한 내일을 맞게 할 수는 없는 것인지, 교사였던 홍문식 시인은 아이들을 대신하여 이시대의 아들의 생각을 조각보처럼 꿰매어 펼치고 있는 것이다.

3. 「사師에 이르는 길」, 선생님의 순결한 기도

홍문식 교사는 시라는 변용장치를 통해 퇴임했던 교정으로 다시 들어가 아이들 앞에 서서 참회[懺悔]록을 썼다. 그리고 어른들이 만들어 놓은 세상제도의 일원이었음을 부인하지 않고 '아이들의 생각'을 조각보로 만들어 세상에 펼쳐주었다. 눈물겹고 안타까운 지난 시절의 기억이 어제의 일이 아니라 지금 겪고 있는 일처럼 생생하게 세상을 향해 흔들어주었다. 이는 그 중심에 서는 것이 부끄러워서 '나는 아니다'라고 도망하지 않고, 그 제도에 편승한 교사로서 아이들에게 무기력했던 시절로 되돌아가 그 비애를 세상에 토해놓은 사랑 많고 합리적이며 용기 있는 선생님이라는 것을 입증한 것이라 할 수 있다.

> 아이들 앞에
> 부끄럽지 않은 교사가 되게 하소서
>
> 일 년 365일중 단 하루라도
> 책을 보지 않고서는
> 아이들 앞에 서지 않게 하시고
> 춘하추동 한결같은 마음으로

120

아이들을 맞게 하소서

사시사철 교만하지 않게 하시고
언제 어디서나 바른 몸가짐으로
모범이 되게 하시고
일 년 열두 달 아이들에게
성실히 임하게 하소서

봄, 여름, 가을, 겨울
웃는 얼굴로
아이들 앞에 서게 하시고
가르치는 일에
늘 감사하며 충실하게 하소서

오늘 하루도
천사 같은 아이들의
수호천사로 살게 하시고
아이들을 위해선 목숨까지 버릴 수 있는
현명한 교사가 되게 하소서

− 「사師에 이르는 길」 전문

　이제 이 시집을 엮어내며 시를 통해 들어갔던 그 교단
을 다시 내려와 교문 밖에서 교정을 향해 돌아 선다. 그리
고 두 손을 모으고 눈을 감는다. 이 시집의 표제 시이기도
한 「사師에 이르는 길」은 아이들의 선생님으로 평생을 살아
온 홍문식 시인이 "눈처럼 깨끗한 아이들"을 얼마나 사랑

했는지, 아니 지금도 얼마나 사랑하고 있는 지, 공감하게 하는 한 선생님의 순결한 기도이다. 그 마음을 공감하기에 함께 손을 모으고 마음으로 듣는다. "오늘 하루도/ 천사 같은 아이들의 수호천사로 살게 하시고/ 아이들을 위해선 목숨까지 버릴 수 있는/ 현명한 교사가 되게 하소서"라고 손 모으는, 아이들을 한평생 가르쳐온 이 겸손한 사랑의 기도에 어떤 해설이나 주석은 사족이다.

「사랑의 나무를 심고 싶다」는 시 가운데 "우리 사는 이 삭막한 땅에다/ 가슴이 따뜻해지는/ 사랑의 나무를 심고 싶습니다"는 말에서, "별 헤는 마음처럼/ 고운 마음으로/ 예쁘게 살 순 없을까를 생각했"다는 말에서, "세상살이 시작하는 아이들에게 사랑의 샘물이 솟아나게 해주고 싶었"다는 홍문식 시인의 말에 신뢰가 간다. "아버지 당신은/ 짐을 가득 실은 마차를 끌고/ 비포장도로를 터벅거리며 걷고 있는/ 땀에 전 황소입니다/ 한눈 팔 줄도 모르고/ 옆을 돌아볼 줄도 모르며/ 고집스럽게 제 갈 길만 가는 미련 곰 퉁이랄까"라며 자신을 낳아 기른 아버지를 어린아이처럼 그리워하는 홍문식 시인도 이제 교단을 내려와 반백의 머리카락을 흩날리는 이 땅의 아버지가 되었다.

홍문식 시인, 아이들을 사랑하는 순수한 감성을 통해 자신과 세상을 향해 진실한 고백을 토할 줄 아는 용기를 시편들의 행간에서 절절히 공감할 수 있었기에 다음 시집이 사뭇 기대된다.